Daniel Pennac

Des chrétiens
et des Maures

Gallimard

*À P'tit Louis Couton,
qui en a lu d'autres*

*Vifs remerciements à
Jean-Philippe Postel
qu'il partagera
équitablement avec
le professeur Wagner*

« I would prefer not to. »
HERMAN MELVILLE
Bartleby

1

BARTLEBISME

– Je veux mon papa.

Le Petit est entré dans notre chambre, s'est campé devant notre lit, et a déclaré :

– Je veux mon papa.

C'était un matin de juin. Juin dernier. Six heures et demie, sept heures moins le quart, par là. Moins de sept heures, en tout cas. Belleville se réveillait à peine, les poubelles n'étaient pas passées, Monsieur Malaussène, le dernier-né de la tribu, en écrasait dans son hamac au-dessus du lit matrimonial, et Julius le Chien ne battait pas la porte de sa queue pour me rappeler à l'existence de sa vessie. Il n'était pas sept heures.

– Je veux mon papa.

J'ai cligné des yeux dans la pénombre. J'ai considéré le Petit. Il n'était pas plus haut que la poignée de la porte, mais il me fallait admettre qu'avec toutes ces années il avait fini par grandir, incognito. Monsieur venait d'accéder à l'humour et me le faisait savoir. Monsieur était tout bonnement en train de plaisanter. Il a désigné le nouveau venu, dans son hamac, au-dessus de ma tête, avec un sourire malin, et a précisé :

– Moi aussi, je veux mon papa.

(Un grand qui joue au petit, d'accord.) J'ai répondu :

– Accordé, tu l'auras, ton papa, en attendant, descends mettre la table, j'arrive.

Et je suis resté au lit. Profiter des dernières minutes de paix avant les premières mesures de l'opéra familial, c'est le seul plaisir que je n'ai jamais hypothéqué.

Quand je suis descendu, table mise, chocolat chaud, tartines, jus d'orange, champ de céréales épandu sur la nappe, l'usine tournait. Ils avaient tous leur journée devant eux. Dans trois minutes, Clara conduirait Verdun, C'Est Un Ange et Monsieur Malaussène à la crèche de la rue des Bois où elle avait trouvé du boulot, Jérémy et le Petit fonceraient vers leur bahut commun, et, après avoir torchonné la table, Thérèse irait donner ses consultations astrales aux gogos de Belleville. (Malraux avait raison : le vingt et unième siècle sera spirituel ; le chômage s'y emploie.) Dans trois minutes, la quincaillerie serait

12

déserte. Je laissai la mousse monter dans ma cafetière turque en aspirant à cette solitude, quand la voix de Thérèse m'électrocuta.

– Qu'est-ce que tu attends pour boire ton chocolat, le Petit ? Tu vas te mettre en retard !

Le Petit se tenait assis, très droit dans la fumée de son bol. Il n'avait pas touché à ses tartines.

– Je veux mon papa.

*

Passons sur la journée qui suivit. Boulot pour tout le monde, y compris pour moi-même, aux Éditions du Talion – soucis familiaux mis entre parenthèses : professionnalisme ! –, jusqu'au soir, où le dîner nous restitua le Petit pareillement statufié dans la vapeur de sa soupe.

– Je veux mon papa.

– Il n'a rien bouffé à la cantine non plus, annonça Jérémy.

La nouvelle engendra une série de commentaires où chacun joua sa partition. Thérèse y alla de ses certitudes, estimant qu'il était « parfaitement naturel » qu'après la naissance de Monsieur Malaussène le Petit éprouvât un « syndrome d'abandon » et cherchât

un « ancrage identitaire », d'où la revendication « absolument légitime » d'un « père biologique avéré ».

– Des conneries, trancha Jérémy, paternité
biologique, mes glandes !

Premier argument d'une tirade enflammée
tout au long de laquelle Jérémy (mais, l'ai-
je bien compris ?) s'attacha à démontrer que
le père est une hypothèse dont on peut fort
bien se passer, et que, dans tous les cas de
figures, si notre mère commune avait pris la
décision d'écarter nos géniteurs à l'heure de
notre arrivée, c'était vraisemblablement en
toute connaissance de cause, « elle avait ses
raisons, maman », qui ne pouvaient qu'être
les bonnes, vu que maman « n'avait pas l'air
comme ça », mais qu'elle « savait ce qu'elle
faisait, maman ! ».

– Maman ne sait pas ce qu'elle fait, Thérèse ? C'est ça ? C'est ça ? Mais dis-le, si c'est
ce que tu penses ! Maman ne sait pas ce
qu'elle fait ?

Silence explosif, tout au fond duquel
j'entendis la voix de Clara murmurer à
l'oreille du Petit :

– Mais c'est Benjamin notre papa. C'est
Benjamin, et c'est Amar, aussi. Et c'est Théo.
Allez, mange ta soupe, le Petit.

– Je préférerais mon papa, répondit le Petit sans toucher à son potage.

Ce conditionnel présent hanta ma nuit.

Je préfére*rais*.

Le Petit avait bien dit : « Je préfére*rais* mon papa. »

J'ignorais que le mode d'un verbe pût vous glacer le sang. Ce fut bel et bien le cas. Pour une raison que je ne parvenais pas à m'expliquer, ce conditionnel présent emprisonna ma nuit dans un sarcophage de terreur. (Métaphore lamentable, je sais, mais je n'étais pas en état d'en trouver une meilleure.) Pas même la force de me retourner dans mon lit. Et pas l'occasion de m'en ouvrir à Julie, vu que Julie n'était pas là. Partie en croisade, Julie, juste après la naissance de Monsieur Malaussène. Oui, à peine relevée de ses couches, Julie s'était mis en tête de rassembler sous sa crinière de lionne tous les journalistes jetés à la rue depuis le mois de janvier par les effets du réalisme libéral sur les ressources humaines de la presse française. Julie projetait rien de moins que la création d'un journal qui se passerait de pub, de hiérarchie, d'agences de presse « et autres préjugés » *(sic)*. « Ça prendra le temps que ça prendra, Benjamin, mais n'aie pas peur je reviendrai, n'oublie pas que tu es mon porte-avions pré-

15

féré, dorlote Monsieur Malaussène et ne te plante pas dans les horaires des biberons. » Julie était Julie, et je restai seul avec le mode conditionnel.

Que le Petit me resservit le lendemain, devant ses tartines intactes.

– Je préférerais mon papa.

Il entamait son deuxième jour de jeûne.

*

Ce fut aux Éditions du Talion que je compris la raison de mon allergie au mode conditionnel. Si violemment que je faillis en tomber de mon fauteuil.

J'étais en train de suggérer quelques corrections à un auteur dont le manuscrit n'avait pas entièrement convaincu la Reine Zabo, ma sainte patronne (« ... Trois fois rien, Malaussène, demandez-lui seulement de refaire son début, de dégraisser le corps du récit, d'envisager une autre fin, de féminiser les personnages féminins et de changer de ton surtout, trop d'à-plats dans son texte, c'est une écriture qu'il nous faut, une *écriture* ! Je veux entendre sa *voix* ! ») lorsque l'auteur en question me répondit le plus courtoisement du monde :

– Je préférerais n'en rien faire.

Encore ce conditionnel présent ! Le même que celui du Petit. Un conditionnel intraitable. Un impératif de politesse, en fait. Mais un impératif catégorique. Ce type ne toucherait pas un seul mot de son texte. Dût-il en crever, il ne changerait pas une virgule. À la seconde même, je sus que le Petit n'avalerait plus rien tant que je n'aurais pas retrouvé son vrai père. Il se laisserait mourir, tout simplement. De faim. Je levai la tête. L'auteur se tenait là, assis devant moi, impassible et doux. Deux expressions me traversèrent l'esprit : *pitoyablement respectable, incurablement solitaire.* Et une troisième, pour faire bon poids : *lividement net.* Comme un cadavre.

– Vous ne vous sentez pas bien ?

Et c'était lui qui me posait cette question ! Je fis un effort de titan pour lui répondre :

– Non, non, ça va, ce n'est rien, écoutez, je comprends... dommage... un autre éditeur peut-être... excusez-moi, une urgence...

Une lecture ! Voilà d'où me venait ma hantise du mode conditionnel. D'une lecture que j'avais faite ! Une lecture, un jour, et le virus du conditionnel dans le sang.

Je n'avais plus qu'une hâte : vérifier mes sources, vérifier ! Vérifier !

La porte refermée, je me jetai sur l'interphone et priai Mâcon d'annuler tous les rendez-vous de la matinée.

– Vous en avez six, Malaussène, dont deux qui vous attendent déjà.

– Annoncez-leur ma mort. Loussa est dans la maison ?

– En réunion de représentants, pourquoi ?

– S'il vous plaît, dites-lui de me rejoindre dans la bibliothèque dès qu'il le pourra. Je n'y suis pour personne, sauf pour lui.

Une fois dans la bibliothèque, il me fallut environ deux secondes pour mettre la main sur le *Bartleby* de Melville. *Bartleby !* Herman Melville, *Bartleby*, parfaitement. Qui a lu cette longue nouvelle sait de quelle terreur peut se charger le mode conditionnel. Qui la lira le saura. Herman Melville, *Bartleby*. J'ouvris le volume, y plongeai sans précaution, comme vers la dernière main du noyé, et tombai pile sur la première rencontre entre le narrateur – un avoué plutôt porté sur l'humanisme – et le nommé Bartleby, qui donne son titre à la nouvelle :

« *En réponse à mon offre d'emploi, je vis un matin un jeune homme immobile sur le seuil de mon étude : la porte était ouverte et nous étions en été. Je revois encore cette silhouette, lividement nette, pitoyablement respectable, incurablement solitaire ! C'était Bartleby.* »

C'était bien Bartleby. Oui. Voilà. C'était Bartleby. Je poursuivis ma lecture jusqu'au premier refus de Bartleby. Copiste chez cet homme de loi, Bartleby allait, dans quelques pages, refuser de collationner un texte avec lui.

« *Imaginez ma surprise, lorsque, sans bouger de sa retraite, Bartleby répliqua d'une voix singulièrement douce et ferme :*

– J'aimerais mieux pas. »

Suivait une note sur la traduction la plus adéquate de l'expression utilisée par Bartleby : *I would prefer not to*. Fallait-il écrire, comme la traductrice l'avait fait dans une précédente édition : *Je préférerais n'en rien faire,* ou moderniser l'expression en optant pour ce : *J'aimerais mieux pas,* moins poli mais plus ferme ? La difficulté résidait dans ce *not to* final, particularité anglaise intraduisible chez nous. Or, toute la détermination de Bartleby vient de cette opposition entre l'apparente politesse du conditionnel *I would prefer* et le tranchant de ce *not to*.

« *– Vous n'aimeriez mieux pas ? répétai-je en écho et, en proie à une vive agitation, je me levai et traversai la pièce en une seule enjambée. Que voulez-vous dire ? Auriez-vous l'esprit dérangé ? Je veux que vous m'aidiez à collationner ce feuillet, tenez !*

Et je le lui tendis.

– J'aimerais mieux pas. »

I would prefer not to.

Tout en lisant, je me surpris à traduire en anglais la revendication du Petit. Tant qu'il était resté sur la terre ferme du mode indicatif : « Je veux mon papa... *I want my daddy* », je ne m'étais pas inquiété, j'y avais même vu une invite à l'aimable rigolade. Les choses s'étaient gâtées quand le Petit avait troqué le verbe vouloir contre le verbe préférer et cet indicatif de bon aloi contre ce conditionnel retors, « je préférerais mon papa ». « I would prefer my daddy. »

« Je le regardai fixement. Son visage maigre était tranquille ; ses yeux gris, calmes et éteints. Aucune ombre d'agitation ne troublait sa surface. Si j'avais décelé dans ses manières la moindre trace de malaise, colère, impatience ou impertinence, en d'autres mots si quelque émotion banalement humaine s'était manifestée, je l'aurais sans aucun doute chassé de mes bureaux sans ménagement. Mais, en l'occurrence, autant jeter à la porte mon buste de Cicéron en plâtre de Paris. »

Le fait est que depuis ce maudit conditionnel le visage du Petit avait perdu toute expression. Seules ses lunettes roses paraissaient encore vivantes. Ni chagrin, ni envie, ni colère... Pas même de la détermination ! Un visage désert. « Je préférerais mon papa. » « I would prefer my daddy... » Une préférence qui se suffisait à elle-même. Aucun doute, le Petit était atteint de bartlebisme. Et les lecteurs de *Bartleby* savent à quelle extrémité peut conduire cette affection !

*

J'en étais là de mes ruminations quand mon ami Loussa de Casamance, spécialiste sénégalais de littérature chinoise, et frère de lait de ma Reine Zabo, fit irruption dans la bibliothèque.

– Nín hǎo, petit con ! (Bonjour, petit con), ça va ?

Je lui répondis abruptement :

– Bù. (Non.)

Et j'ajoutai :

– Pas du tout.

Histoire de lui faire comprendre que l'heure était grave et que je n'étais pas d'humeur à en débattre dans sa langue d'élection.

– Méi wèntí ! mon garçon, répondit-il sans se démonter. (Pas de problème, mon garçon.)

Et il demanda :

– De quoi s'agit-il ?

Quand je lui eus décrit les symptômes du

Petit et exposé mes craintes, il prit un air songeur.

– Bartlebisme, hein ?...

– Dans sa forme la plus aiguë, oui.

Il posa sur moi un regard sans illusion.

– Inutile, je suppose, de te faire observer que Bartleby est une *nouvelle* (il appuya sur le mot nouvelle), qui relève de la pure *fiction* (il insista sur le mot fiction) et que Melville n'y manifeste aucune prétention au diagnostic *médical*. (Il souligna aussi cet adjectif.)

– Inutile, en effet.

– Si diagnostic il y a, il concerne l'espèce humaine en général, comme en témoignent d'ailleurs les quatre derniers mots de la nouvelle.

– « Ah ! Bartleby ! Ah ! humanité ! » Je sais.

– Tu sais.

Vint un silence qui n'était pas exactement de découragement.

– Si je ne peux te convaincre que le « bartlebisme » n'est pas une affection réelle, il faut néanmoins que je raisonne avec toi comme si le Petit était *réellement* atteint de bartlebisme. C'est ça ?

– C'est ça.

– Eh bien, partons sur cette base ! répondit-il joyeusement, mais dans un restaurant, si tu le veux bien, j'ai une faim d'ogre. On reste ici, ou on file sur tes terres ? Je serais tenté par un bon couscous, ça te va ? *L'Homme bleu,* non ? Faisons dans le berbère. Je t'offre un mesfouf de la mariée : semoule, cannelle, petits pois, fleur d'oranger, recueillement et raisins secs, qu'en dis-tu ?

La suite à *L'Homme bleu,* donc, chez Youcef et Ali, devant un petit gris bien glacé où Loussa puisa sa force de conviction.

– Bon. Va pour ton bartlebisme. Après tout, ces pages recèlent peut-être *aussi* une vérité clinique. On n'est pas pour rien la plus belle nouvelle du monde...

Longue gorgée de gris.

– Tu ne bois pas ?

Et de reposer son verre.

– Je vois pourtant une différence notable entre ton jeune frère à lunettes roses et ce pauvre Bartleby.

– Pas moi. Leur visage a la même expression.

– Tu veux dire la même *absence* d'expression, je suppose. Un visage pour deux, en quelque sorte.

Là, j'ai perdu patience.

– Arrête de me faire chier avec tes mots en italique et tes précautions à l'anglaise, Loussa ! « Je crains que... », « Tu veux dire... », « Je suppose... », « En quelque sorte... », nous ne sommes pas deux anciens de Cambridge occupés à parler cul en ménageant les formes, putain de merde !

Et, tant que j'y étais, j'ajoutai que je n'étais pas moi-même atteint de bovarysme, que je savais parfaitement faire le départ entre ce qui relevait de la littérature et ce qui ressortissait à la pathologie, que Bartleby, en l'occurrence, ne jouait ici que le rôle d'une métaphore, mais lumineuse comme une fusée de détresse.

– Je te parle de mon plus jeune frère qui me fait une grève de la faim !

– Comme Bartleby. Précisément. Mais pas la même grève.

– Qu'est-ce que ça veut dire : pas la même grève ?

– Bartleby « would prefer *not to* ». Ton petit frère à lunettes roses « would prefer *son papa* ». Cela me paraît plus... constructif. Il suffit de retrouver le *daddy* en question.

– Parce que tu t'imagines que je n'y ai pas pensé ? Le père du Petit est aussi introuvable qu'une envie quelconque dans la poitrine de Bartleby.

– Existe pas ?

– Impossible à retrouver, je te dis. Probablement mort, d'ailleurs.

– Ta mère n'a pas une petite idée sur la question ?

– Ma mère tient ses fichiers à jour. Elle connaît l'adresse de tous ses hommes, mais pas de celui-là.

– Il suffit d'en dégoter un autre ! N'importe lequel ! Il ne doit pas manquer de brave type pour jouer un rôle aussi honorable. Moi-même, si je peux te rendre ce service...

Ce disant en posant sa sombre main de Casamance sur ma blanche main d'ici. Il eut un sourire devant le contraste :

– Avec un peu de persuasion...

– Je ne doute pas de ton génie dans ce domaine, Loussa, mais le Petit ne s'y trompera pas. Si on lui fourgue un figurant en guise de papa, on précipite la catastrophe.

– L'instinct ?

– Je suppose, comme diraient tes amis anglais.

– Wǒ huáiyí (j'en doute), répondraient mes amis chinois.

– C'est pourtant comme ça.

Suivit un silence d'impasse pendant lequel Youcef déposa la graine sur la table. Loussa nous servit en couscous et c'était comme un surcroît de silence qui tombait dans nos assiettes. Pluie silencieuse de la semoule... Dunes, bientôt... Apaisement, un peu... Si bien que je finis par murmurer :

– C'est étrange, d'ailleurs, quand j'y repense... Le père du Petit est le seul homme de ma mère qui ait vécu sous notre toit.

– Ah bon ? Tu le connais, alors...

– Non.

Et Loussa me fit une proposition.

– Écoute, on s'autorise une traversée du désert et tu me racontes ça à l'arrivée, d'accord ? Pendant le thé à la menthe.

Il me fallut donc, pendant le thé à la menthe, remonter une dizaine de mois avant la naissance du Petit. C'est un passé difficile à concevoir, aujourd'hui que le Petit, avec ses lunettes roses – ou les rouges, il en a deux paires –, me semble évoluer depuis toujours dans mon paysage. Nos enfants datent de toute éternité...

Notations préliminaires que Loussa accueillit avec une patience de Bédouin.

– Je t'en prie, fit-il, prends ton temps.

Un filet de thé tomba du ciel dans mon verre damassé.

– J'ai un ami, dis-je, qui affirme n'avoir jamais vu son père à jeun. Bourré, du matin au soir. Plein comme un œuf. Il ne l'a pas vu sobre une seule fois... Tout comme moi. Je n'ai jamais vu ma mère autrement qu'enceinte.

– Vous n'êtes pourtant pas si nombreux, dans votre tribu.

– C'est compter sans les fausses couches.

– Excuse-moi, lâcha Loussa comme si je venais d'évoquer une série de deuils récents.

– Pas de mal. Régulation naturelle de l'espèce... en fonction de notre surface habitable, peut-être, ou de mon salaire au Talion, va savoir. Si la nature avait laissé ma mère faire selon son cœur, la quincaillerie qui nous tient lieu de maison ressemblerait à un orphelinat de Dickens. Je serais obligé d'en estropier la moitié pour les envoyer faire la manche.

Je tournais autour du pot. Je touillais une mayonnaise qui commençait à prendre.

– C'était...

2

LE DON DU CIEL

C'était un après-midi pluvieux. Nous ramenions maman de l'hôpital, vide d'enfant et pleine de larmes, sous un ciel qui vidangeait. L'ambiance était à la vengeance divine, je m'en souviens très bien. Il pleuvait continûment depuis trois jours. La Seine menaçait de tout nettoyer. Les mieux pistonnés songeaient déjà à s'offrir une arche.

Maman gémissait.

– C'est terrible, d'avoir aimé pour rien, Benjamin.

Je tenais la main de ma mère dans une ambulance qui luttait contre la noyade.

– Repose-toi, ma petite mère.

– C'est la dernière fois, mon grand, je te le jure.

Maman s'accrochait à des serments.

– Repose-toi.

– Tu es un bon fils, mon tout petit.

Le bon fils faisait son office.

– Tu n'es pas une mauvaise mère.

Plaintes et consolations hurlées sous un toit d'ambulance où s'acharnait le divin batteur.

– Qu'est-ce que tu dis ?

– Je dis que tu es une bonne mère !

Devant, ce n'était pas plus gai. Hadouch conduisait l'ambulance à côté de ma sœur Louna qui pleurait autant que maman. Louna venait de se faire plaquer par un toubib de son hôpital, un neurologue. Elle y avait laissé un bon morceau de cœur.

– Je vais me le faire, ce fils de chienne, hurlait Hadouch. Donne-moi le feu vert, Louna, et je vais lui apprendre à aimer !

– Non, Hadouch, laisse-le, c'est pas sa faute, c'est la mienne. Je te jure, c'est moi, c'est moi !

– On ne te traite pas comme ça, Louna ! Personne. Pas tant que j'existe. Sur la foi de ma mère ! Je vais lui foutre Mo et Simon au cul, il va comprendre sa douleur, ce queutard ! Comment il s'appelle ?

– C'est pas lui, Hadouch, c'est moi !

Louna avait pris le pli inverse de notre mère. Elle se faisait jeter aussi souvent que maman larguait les hommes. Comme si elle cherchait à rétablir une sorte d'équité dans la république de l'amour. Mais elle tombait chaque fois de si haut et se faisait si mal qu'il nous en venait des envies de meurtre, à Hadouch et à moi. Seulement, venger Louna revenait à dépeupler la Faculté. Même Hadouch et ses copains n'y auraient pas suffi. Louna était déjà infirmière à l'époque. Le corps médical appréciait hautement le sien. Elle se donnait sans compter mais en espérant beaucoup. Elle supposait une âme aux hommes.

Total, il pleuvait autant à l'intérieur de l'ambulance que sur Paris. Les essuie-glaces brassaient les eaux du déluge sur celles du désespoir. Une période dramatique, en fait. Je passais mon temps à manier la serpillière. Une de ces déprimes domestiques qui vous font souhaiter une guerre mondiale, un bon cancer, un dérivatif, quoi, un rien de distraction.

Ce fut précisément ce que le destin nous offrit, sous la forme d'une calandre de Mercedes qui surgit sur notre gauche, dans une gerbe de flotte (je la revois très bien, cette calandre instantanée) :

– Merde !

Coup de barre à droite de Hadouch, coup de barre à gauche de l'autre, les tôles qui s'évitent de justesse, notre ambulance qui grimpe sur le trottoir, dérapage de la Mercedes.

Dont la porte arrière s'ouvre.

D'où roule une chose qui vient s'étaler sur notre trajectoire.

– Attention !

Nouveau coup de volant.

Choc.

– Nom de...

– Qu'est-ce que c'est ?

– Quelqu'un, je crois.

– Quelqu'un ?

– Un corps. Un mec. Quelque chose comme ça.

– On l'a touché ?

– Il y a des chances.

– Bouge pas, je vais voir.

– Non, reste, j'y vais, moi.

– Je suis infirmière, Hadouch.

Et maman, derrière :

– Qu'est-ce qui se passe, mon grand ?

MOI : Rien, maman, on vient juste d'écraser quelqu'un, ne t'inquiète pas.

Dehors, Louna sous le déluge, penchée sur le corps qui gît à côté de l'ambulance, dans le torrent du caniveau. Hadouch trempé comme une soupe, droit debout à côté d'elle. La Mercedes, immobile, un peu plus loin, et une silhouette qui s'approche sous la pluie, une silhouette trapue, écrasée par le ciel, un costaud qui tape des pieds dans les flaques sans souci pour le bas de son pantalon, un pur produit

31

de l'orage. Il est déjà sur Hadouch. Au lieu de lui adresser la parole, il lui enfonce direct le canon d'un revolver dans les côtes. Ça se passait tout contre ma vitre, un gros calibre vraiment, dans les côtes de mon ami Hadouch. Et moi d'ouvrir la vitre en tournant la manivelle comme un furieux, dans l'espoir de :

1) Ne pas être repéré.

2) Désarmer l'autre avant qu'il n'appuie sur la détente.

3) M'en sortir vivant.

Vaines supputations, car tout se passa si vite et si violemment que mon seul réflexe fut de refermer les deux centimètres de vitre que je venais d'ouvrir.

Un éclair pâle jailli de la poche de Hadouch – la lame de son couteau –, un jet de sang frais sur la vitre aussitôt lessivé par la pluie, la main du colosse qui se prend le visage, pendant que l'autre main lâche le revolver, devenu un peu lourd à porter avec dix centimètres d'acier à travers le poignet.

Et voilà le colosse qui repart vers la Mercedes en sautillant dans les flaques.

Cependant qu'un deuxième type bondit hors de la bagnole.

Pour y remonter aussitôt, vu que Hadouch le braque avec l'arme du premier.

Les portes de la Mercedes qui se referment.

Séparation.

De nouveau entre nous.

Hadouch a ouvert le cul de l'ambulance.

– Envoie la civière, Ben, y a une urgence !

J'ai envoyé la civière à roulettes et c'est ainsi que le futur père du Petit est entré dans la famille.

– Nom de Dieu...

Même Hadouch n'avait jamais vu un type dans un état pareil. Même Louna, qui pourtant avait fait ses classes au Samu.

– On l'a écrasé ?

– On aurait dû. Ça l'aurait abrégé.

– Qu'est-ce qui lui est arrivé ?

– Des vacances entre amis, a répondu Hadouch. Les gars de la Mercedes, je suppose. Ils devaient beaucoup l'aimer.

– On retourne à l'hôpital, dit Louna. Benjamin, passe devant.

Je me suis assis à côté de Hadouch pendant que Louna piquait son patient, l'intubait, l'appareillait. L'ambulance ne fut bientôt plus que tubulures et clignotements.

– On peut repartir ? demanda maman.

– Il y avait longtemps que je ne m'étais pas fait braquer, fit Hadouch, avec le sourire du sportif enfin sorti de convalescence. Tu as vu ? Je lui ai piqué son feu.

Hadouch posa l'arme entre nous.

– Bon matériel. 11,43. Je vais l'offrir à Simon, c'est son anniversaire après-demain. Depuis le temps qu'il doit changer le sien. Justement, on n'avait pas d'idée de cadeau, Mo et moi.

– C'est gentil, dis-je.

– On arrive bientôt ? demanda maman.

Louna nettoyait un visage cabossé, tout de croûtes et d'humeurs. Soudain, elle se pencha entre Hadouch et moi.

– Arrêtez-vous, les garçons.

– Quoi ? Il est mort ?

– Arrête l'ambulance, Hadouch, gare-toi. Il faut qu'on parle.

Hadouch trouva un abri sous deux marronniers essorés et Louna nous exposa la situation, dans son inattendu :

– Je connais ce type.

Elle connaissait notre auto-stoppeur. Sans le connaître vraiment. C'était un patient de son hôpital. Elle l'avait vu pour la première fois, il y avait une petite quinzaine, en urgence, à moitié mort déjà, répandu sur le carrelage du couloir sans qu'on sût qui l'avait déposé là. La salle de garde à l'unanimité l'avait donné pour éphémère. On l'avait torturé au-delà du possible. Sans le tuer. Comme on cherche à ouvrir une boîte à secrets. Ce

34

type savait une petite chose que d'autres voulaient savoir. Quelqu'un était allé chercher
son secret sous ses ongles. En les arrachant,
un à un. On avait dû commencer par là. Puis
on avait fait un tour dans sa bouche, dont les
dents n'étaient plus présentables. Et on avait
continué. Résultat : quelques heures à vivre,
au plus. Il avait pourtant tenu la nuit. Une
prouesse à ce point remarquable que les
pontes du lendemain avaient tous voulu le
visiter. « Trois jours ! » Les toubibs les plus
optimistes lui donnaient trois jours. Il les
dépassa. Ça devenait palpitant. La Faculté se
mit à prendre les paris. L'ex-neurologue de
Louna faisait monter les enchères. « Une
brique qu'il passe la semaine ! Qui me suit
pour une patate ? » Il devint le patient le plus
dorloté de l'hôpital.

– Comment il s'appelle ? demanda
Hadouch.

– Pas de nom, répondit Louna.

– Il ne vous a pas parlé ?

– Pas vraiment. Il délirait. En anglais. Avec
un accent américain.

L'Américain allait dépasser le cap de la
semaine (et le neurologue allait empocher la
mise) quand il disparut, la nuit du septième
jour.

– Quoi ?

– Enlevé. Pendant la nuit. Un des infirmiers de garde a été retrouvé dans son lit, à sa place. Mort.

Tout à coup, je me souvins, oui, Louna m'avait raconté cette histoire d'enlèvement, une semaine plus tôt. Mais elle avait glissé sur les détails, tout occupée qu'elle était déjà par le plaquage de son neurologue. (« Je ne sais pas aimer, voilà ! Je ne sais pas aimer. Techniquement, je ne dis pas, je suis pas mauvaise, mais c'est le cœur ; ils ont raison, Benjamin, je m'accroche trop ! »)

– On ne peut pas le ramener à l'hôpital, conclut Louna. Ils le reprendront tout de suite et ils l'achèveront quand ils l'auront fait parler.

J'ai suggéré un autre hosto.

– Ils feront tous les hôpitaux de Paris. Des types capables de tuer un infirmier de garde pour enlever un malade, tu penses...

– La police ?

L'ironie de Hadouch m'a stoppé net.

– Bonne idée ! Les flics nous demanderont dans quelles circonstances nous nous sommes rencontrés, et si je compte vraiment offrir le 11,43 à Simon pour son annive... Non, non, très bien, les flics !

Ses yeux s'allumèrent, tout à coup, et il désigna quelque chose derrière moi :

– Tiens, et puis tant qu'on y est on pourra leur rendre ça...

Je me suis retourné.

– Quoi, ça ?

– Ça ! Là ! Coincé dans la glissière de la vitre.

Un morceau de caoutchouc, apparemment, d'un rose détrempé. Coincé en haut de la vitre, en effet. Mon cœur m'apprit avant mes yeux ce que c'était. Une oreille ! Celle du mastard au 11,43. D'où le jet de sang, bien sûr. J'eus tout juste le temps d'ouvrir la portière pour ne pas déborder sur les genoux de Hadouch.

Quand je pus enfin rentrer la tête dans l'ambulance, Louna avait glissé l'oreille dans un sachet stérile, et leur décision était prise.

– On va le cacher à la maison.

– Qui ?

– Notre blessé. Je vais le soigner chez nous.

– Pas question !

Prodigieux le nombre d'images déplaisantes qui me sont venues à cette seule perspective. Pour faire bref, je me suis vu avec une mère en deuil, une sœur mourant d'amour, à quoi on se proposait tout simplement d'ajouter un inconnu agonisant et détenteur d'une vérité convoitée par les pires tueurs de la capitale.

– Non ! J'ai répété : Non, non ! Ça, non !

– Je peux te parler deux secondes, Ben ?

Hadouch est descendu de l'ambulance. Je l'ai rejoint sous la pluie.

– Tu as peur qu'on vienne nous rendre visite, c'est ça ? Que le méchant vienne récupérer son bonhomme et son oreille ?

– Entre autres, oui.

Hadouch a posé sa main sur mon épaule.

– Là, tu me fais mal, Ben. Tu blesses l'Arabe, en moi. On n'est pas capable de vous protéger ? Mo et Simon sont des passoires ? Ils vont être heureux de l'apprendre... T'as plus confiance, alors ? T'aimes plus Belleville ?

– Ce n'est pas ce que je voulais dire.

– Et Louna ? Tu as pensé à Louna ?

Allons bon, que fallait-il penser de Louna ?

– C'est un troc de l'âme, cette affaire, Ben. Il lui faut son mourant, à Louna, pour cicatriser. T'as pas compris ça ? Elle va se dévouer jusqu'à l'oubli, si tu veux mon avis. C'est ce qui pouvait lui arriver de mieux. Un don du ciel en quelque sorte. Tu préfères qu'elle oublie ou que j'aille châtrer son neurologue ?

Nous sommes remontés dans l'ambulance. J'ai regardé le don du ciel.

– Bon dieu qu'il est maigre !
Louna a répondu :
– C'est le ver solitaire, Ben.
Elle a précisé :
– Il a un ténia.

3

LA MÉMOIRE DU TÉNIA

Se souvenir, c'est soustraire. Nous n'étions que cinq à l'époque. Manquaient le Petit, bien sûr, et Verdun, et C'Est Un Ange, et Monsieur Malaussène, et Julie, que je n'avais pas encore rencontrée. Julius le Chien lui-même attendait de naître pour nous choisir. Restaient Louna, Thérèse, Clara, Jérémy et moi. Plus maman, quand elle était là.

Dans l'ensemble, notre supplicié fut bien accepté.

— On va le soigner, a dit Jérémy. On va le soigner et on va le garder.

— Le garder ? a demandé Thérèse. Pourquoi le garderait-on ? Nous ne le connaissons même pas !

— J'ai pas dit « se le garder », a répondu Jérémy, j'ai dit « le garder ».

Et, comme Thérèse s'évertuait à ne pas comprendre :

– Le garder, quoi ! Bien le garder ! Faire les sentinelles ! Pas *se* le garder ! Le garder ! Que personne vienne lui faire du mal ! Tu comprends ou tu es trop conne ?

Thérèse et Jérémy cultivent depuis toujours cet art du quiproquo qui fait le sel de leurs relations. D'accord sur tout, ils ne s'entendent sur rien. Leur façon de supporter le bail perpétuel de la fraternité.

– Le protéger, tu veux dire.

Thérèse vivait déjà à cheval sur les mots. Elle produisait des petites phrases électriques et bien structurées où le vocabulaire avait rarement la permission de minuit.

– C'est ça, le garder.

Le fait est que notre pensionnaire fut bien « gardé ». Hadouch était une pieuvre. Ses bras droits avaient des bras droits. Mo le Mossi et Simon le Kabyle régnaient sur une armée de lieutenants qui eux-mêmes ne comptaient plus leurs soldats... S'approcher de notre quincaillerie à moins de huit cents mètres sans être repéré relevait de l'exploit. Le mastard à l'oreille coupée en fit les frais. Il avait cru pouvoir s'offrir une petite reconnaissance à Belleville, le bonnet enfoncé et le groin anodin, mais s'en était retourné plus vite que prévu, trop heureux de ne pas y laisser sa deuxième oreille.

– Convaincu ? me demanda Hadouch.

Belleville s'était refermé sur nous. Nos anges gardiens avaient déployé leurs ailes. La tribu pouvait sortir les yeux fermés. Nous étions provisoirement immortels. La pluie elle-même hésitait à nous mouiller.

Quant à notre mourant, il avait troqué un hôpital contre une forteresse où chacun se vouait à sa résurrection.

– Qu'est-ce qu'il a, au juste ?

Louna décrivit le désastre anatomique devant un amphithéâtre bourré à craquer. Il y avait la tribu Malaussène au complet, bien sûr, mais il y avait les Ben Tayeb, aussi, le vieil Amar et Yasmina, plus Hadouch, Mo et Simon, flanqués de leur état-major. Ça se passait là-haut dans ma chambre, où gisait l'écorché dans un parfum d'éther. (Maman, elle, s'obstinait à pleurer dans son lit la mort d'un être qui n'était pas né.)

Louna professait en blouse blanche. Atmosphère aseptique et studieuse.

– Aucune blessure létale, mais un état de déshydratation et de cachexie tel que sa vie ne tient plus qu'à un fil.

Hadouch traduisait à ses troupes :

– Ça veut dire qu'il a rien de mortel. Il crève juste de soif et de faim. À part ça ?

Louna égrenait le chapelet du martyre.

– Ongles arrachés, dents cassées, brûlures diverses...

– On dirait qu'on a voulu le plumer comme un poulet, fit observer le vieil Amar. Regardez la peau, sur la poitrine...

– Un chalumeau, fit Simon. Ils étaient pressés. C'est comme peindre au rouleau...

Les connaissances de Hadouch en matière de brûlures prospectives affinèrent le diagnostic.

– Les petits ronds, là, sur les bras, c'est les cigarettes des soldats. Des blondes à la braise pointue. Mais les cratères, sur la plante des pieds, c'est du cigare. Il s'est fait interviewer par le patron de la bande. Un grossium qui donne dans le double corona. Un imprudent, il laisse des traces.

Mo le Mossi émit une hypothèse :

– Ils se foutaient des traces. Ils voulaient le faire parler et le buter après.

– Sur un cadavre, des traces, ça devient des indices, objecta Hadouch.

L'assistance prenait mentalement note.

Louna poursuivait son cours d'anatomie déglinguée.

– Une épaule démise, hémarthrose du genou, deux côtes cassées...

MO : Des côtes pétées ? Il a les soufflets troués ?

LOUNA : Pas de perforation pulmonaire, non, il ne crache pas de sang. Il en vomit. Il a dû en avaler beaucoup.

MO : Ça, c'est quand ils se sont occupés de ses dents ! (À ses hommes) : Faut toujours faire cracher, quand on travaille les dents ! Sinon, ils avalent, ils avalent, et, au moment où on s'y attend le moins, ils en foutent partout.

LOUNA : Plaies infectées, ulcérations des chevilles et des poignets...

SIMON : Ça fait combien de temps qu'il a disparu de ton hosto ?

LOUNA : Dix jours, à peu près.

SIMON (à ses hommes) : Ils l'ont gardé attaché pendant dix jours.

HADOUCH : Encore un indice. Ça donne quoi, si on fait le total ?

Louna secoua une tête pessimiste :

– Constantes catastrophiques : la tension est tombée à 6, l'urée est au plafond... ionogramme lamentable, fièvre permanente...

– Il a une chance de s'en tirer ?

Une voix nouvelle trancha :

– Il ne mourra pas.

Tout le monde se tut. Thérèse fendit l'assemblée, raide comme un verdict, écarta

Louna par la seule autorité de ses yeux, prit la main du martyr qu'elle retourna comme une limande, en lissa la paume, longuement, et se plongea dans une lecture silencieuse au terme de laquelle elle répéta :

– Il ne mourra pas.

Puis elle précisa :

– Ce n'est pas n'importe qui !

Et encore :

– Il ira très loin.

JÉRÉMY : Arrête de faire ton intéressante ! Dis-nous plutôt qui c'est.

THÉRÈSE : Les lignes de la main ne sont pas une carte d'identité.

JÉRÉMY : À quoi ça sert, alors, tes conneries ?

THÉRÈSE : À vous annoncer qu'il ne mourra pas.

JÉRÉMY : Évidemment, puisqu'on va le soigner !

Controverse interrompue par Clara qui s'était glissée au pied du lit, avec sa discrétion de photographe, son art si doux de la transparence, l'œil tombé dans son vieux Rollei, bras levé, le pouce sur le déclencheur, et :

Flash !

– Nooooo ! Manfred, I did'nt kill you !

Fut-ce la lueur du flash ? Le blessé se redressa à l'équerre, et d'une voix étonnamment puissante pour un demi-mort, il gueula cette phrase, en anglais :

– Nooooo ! Manfred, I did'nt kill you !

Ça venait de si profond, ça charriait une telle douleur, c'était une affirmation d'une telle violence, un malheur si destructeur, et cela passait par des yeux à ce point écarquillés que ma peau se retourna tout entière.

– Qu'est-ce qu'il dit ? demanda Jérémy.

– Il s'adresse à un certain Manfred, traduisit Thérèse. Il lui affirme qu'il ne l'a pas tué.

– Ah bon, dit Hadouch, c'est un gars du métier...

*

Tout compte fait, il tombait bien, le gars du métier. Les cloches de Pâques venaient de sonner l'entracte scolaire. Or, si les vacances de Thérèse ou de Clara ne posaient jamais problème – chacune s'occupait muettement à ses passions respectives –, Jérémy, lui, n'était pas le genre de gosse à s'oublier dans l'aéromodélisme. Quant à l'envoyer en colo, c'était courir le risque d'une guerre de décolonisation.

Non, notre pensionnaire tombait à pic. Il

fixait les troupes de Hadouch, consolait Louna, jugulait Jérémy, passionnait Thérèse, et je ne crois pas me tromper en affirmant que si Clara est devenue un cordon-bleu, c'est grâce à son passage dans la famille. Il manquait de tout à son arrivée – glucides, protides, lipides, la collection complète des vitamines et beaucoup d'eau pour faire le liant –, il fallut le nourrir juste, et en quantité. D'autant qu'il faisait part égale avec son ténia. Une nourriture équilibrée, donc, mais copieuse.

– Et de la qualité, surtout, de la qualité française ! C'est un Américain, faut pas qu'il reparte déçu.

Jérémy était intraitable sur ce point.

Du tournedos Rossini au filet de sole sauce Mornay, en passant par la blanquette de veau et le bœuf bourguignon, il eut droit à une vraie culture, que complétaient, par intermittence, le couscous de Yasmina et l'épaule d'agneau à la Montalban. Déjeuners et dîners royaux. Des siècles de gastronomie dressés contre la barbarie hamburger. Clara cuisinait au millimètre et Jérémy se chargeait de la présentation. Il était devenu orfèvre en papillotes. Ce que Thérèse jugeait superflu puisque chaque mets, si élaboré fût-il, devait être broyé au mixeur pour finir dans une vessie que Louna branchait à la sonde gastrique.

– C'est pas parce qu'il ne peut bouffer que de la bouillie qu'on doit négliger la déco, expliquait Jérémy à Thérèse. Regarde, moi : quand j'ai rien à dire dans une rédac, je soigne mon écriture. Question de principe.

– Tu n'as pas oublié son pansement gastrique ? demandait Louna.

– Phosphalugel envoyé ! annonçait Jérémy comme on répond à l'officier de quart : vous pouvez mettre la pression !

Louna malaxait alors la vessie de caoutchouc. Les yeux de la famille suivaient la progression de la nourriture dans les anneaux de la sonde, puis l'attention générale se portait sur le visage du malade :

– On dirait qu'il aime.

Momentanément emplâtré par le pansement gastrique, le ver solitaire se recroquevillait sur lui-même et laissait manger son hôte dont le visage rosissait.

– Oui, il a l'air d'apprécier.

– Il peut ! C'est rien que du premier choix. Je suis allé faire le marché place des Fêtes.

Toutes paroles destinées à nous rassurer, parce qu'à la vérité, si ces repas se passaient bien, la plupart finissaient mal. Le peu de force que notre malade y gagnait s'épuisait,

quelques minutes après le gavage, en un hurlement – toujours le même – poussé au
comble de la rage :

– Cristianos y Moros !

Et il retombait, exsangue sur son oreiller,
comme s'il n'avait rien mangé.

La première fois, Jérémy demanda :

– Qu'est-ce que ça veut dire ?

– Des chrétiens et des Maures ! traduisit
Thérèse.

– Des « Maures » ?

– Des Arabes, précisa Thérèse.

– C'est de l'anglais ?

– De l'espagnol, corrigea Thérèse.

– Cristianos y Moros ! répéta
l'autre.

– Faudrait savoir, gronda Jérémy en lan-
çant un regard suspicieux à Thérèse, il parle
anglais ou espagnol ?

Après ce hurlement, notre malade retombait généralement dans un coma si profond
que Louna y perdait son latin.

C'est alors que le ténia se mettait à table. Le
ténia ronronnait. Ce n'est qu'une image,
certes, une image sonore, mais cela ne faisait
de doute pour aucun d'entre nous : quelque
chose se nourrissait à l'intérieur de notre
patient, quelque chose d'immonde s'envoyait

goulûment les chefs-d'œuvre de Clara, une voracité souterraine et satisfaite d'elle-même vidait ce corps de sa substance. Et ce pillage ravivait la douleur de l'esprit :

« No, Manfred, no, it's not me ! »

Il délirait. Des borborygmes plus que des phrases. Des bulles, à la surface d'une conscience morte. La fermentation du désespoir.

« Ta mort, Manfred, c'est Papa ! »

Ou des protestations de fureur :

« Ton fils est mal élevé, Philip ! Il me pose des bombes sous le cul ! »

Thérèse prenait des notes, un calepin ouvert sur ses genoux aigus.

« Saint Patrick ! Où as-tu caché Jérónimo ? »

Thérèse cherchait le fil de la cohérence. Elle traquait le sens et traduisait au plus près.

« Papa, je ne veux pas de tes bonbons ! Manfred est mort ! Je suis venu te faire manger tes garçons. »

Et après chaque repas, toujours ce leitmotiv, au volume sonore incomparable :

« Cristianos y Moros ! »

Un vrai cri de guerre. Ce fut Hadouch qui s'en inquiéta le premier.

– Qu'est-ce qu'il leur veut, aux roumis et

aux Arabes ? Qu'est-ce qu'il nous veut, ce mec ?

« Cristianos y Moros ! »

– Et si c'était un agent du Mossad ?

Hadouch était inquiet. Hadouch nous voyait infiltrés par les Services secrets israéliens, embarqués dans une de ces guerres de religion qui font exploser les poubelles. Il alla chercher le rabbin Razon de la rue Vieille-du-Temple. Le rabbin, qui était homme de paix, passa une nuit auprès du malade. Il fut catégorique. À sa façon ironique et rêveuse, mais catégorique :

– C'est un Juif, oui, il a un sens aigu de la famille. Mais rassurez-vous, sa fille le préoccupe davantage que les chrétiens et les Maures.

– Sa fille ?

– Adonaï, Dios Santo ! Elle se tape du goy à la chaîne. Du goy et du Juif, d'ailleurs. C'est une fille de feu.

– Pute ?

– Non, mon garçon, elle épouse à chaque fois.

– Rabbi, quoi d'autre ?

– C'est un homme puissant.

– Mais encore ?

– Grosse mémoire. Très encombrée.

– Et ?

– Courageux.

– C'est tout ?

– Casher.

Il ajouta :

– À sa façon. C'est un homme de la Loi. Mais il a le ver solitaire. Je passerai prendre de ses nouvelles de temps en temps.

– Rabbi, vous serez toujours le bienvenu.

Un matin, l'endormi à la voix de stentor hurla un mot nouveau :

– Cappuccino !

Jérémy, qui était de garde, ne connaissait pas ce mot. Il réveilla Thérèse.

– Dammi un cappuccino, stronzino, o ti ammazzo !

– Un cappuccino, sinon il te tue, traduisit Thérèse avec une certaine satisfaction. Elle ajouta : Il parle italien, maintenant. Elle ajouta encore : Anglais, espagnol, italien, ça doit être un Juif new-yorkais. Va réveiller Clara, pour le cappuccino. C'est une espèce de café avec de la crème, ou quelque chose comme ça...

Le cappuccino eut sur le ver solitaire l'effet d'un harpon planté dans le flanc d'une murène. Réveillée en sursaut, la bête bondit dans le ventre du malade. Un anaconda en furie qui donnait de la tête contre toutes les portes. Le New-Yorkais se tordait dans son lit. De douleur et de rire. Ce cappuccino, c'était une blague qu'il faisait à son ver. Hurlements subséquents et réveil de Louna :

– Du café à un ténia ? Vous êtes complètement fous ! Jérémy, vite, des yaourts ! Yaourts et pansements gastriques !

*

Vacances paisibles, donc. Chacun à son poste et moi au chevet de maman. Maman souffrait de n'être pas deux. Nous autres six, présents sous son toit, comptions pour du beurre. Si je lui donnais des nouvelles du malade, c'était pour la distraire, si elle feignait de s'y intéresser, c'était par distraction.

– À propos, comment se porte votre Juif new-yorkais ?

– Il végète, maman.

Oui, il reprenait du poids et des couleurs, il cicatrisait et se ressoudait, tous les indicateurs de son tableau de bord frisaient la norme, mais sa conscience demeurait souterraine. Le fait qu'il eût traité Jérémy de petit con (stronzino) nous avait donné espoir. Mais non, cet accès de lucidité désignait un des stronzini de sa vie antérieure, quelque autre petit con enfoui dans son délire.

– Très préoccupant, concluait Louna.

Elle marmonnait du diagnostic :

– Désorientation temporo-spatiale, délire, confusion, obnubilation...

L'œil songeur sur l'alité...

– S'il reste dans cet état au bout d'une semaine alors que tout redevient normal, on peut craindre une lésion cérébrale, genre hématome sous-dural.

Elle finit par conclure :

– Il faut consulter un spécialiste.

Le spécialiste fut vite trouvé. La roulette désigna le neurologue de Louna, le bourreau de son cœur.

– Il n'y en a vraiment pas d'autre ? demanda Hadouch.

– C'est le meilleur, répondit Louna. Sois gentil avec lui, Hadouch. Il ne s'agit plus que de rapports professionnels.

4
PAROLE
DE SPÉCIALISTE

Le « meilleur » examina le Juif new-yorkais sous les yeux de Rabbi Razon et de toute notre assemblée. Il mesura la profondeur de son coma. Un vrai puisatier de l'inconscient.

– Voir, d'abord, comment il réagit à la douleur.

Il le gifla, lui tira les oreilles et lui tordit les mamelons. Il lui fit des oreilles de lièvre, sa torsion des seins tordit nos bouches, et ses gifles étaient des baffes authentiques. Hadouch lui-même en fut impressionné. Simon le Kabyle eut un commentaire des plus sobres :

– Je savais pas que j'étais toubib.

Le New-Yorkais ne broncha pas, ne se réveilla pas. Tout juste produisit-il une de ses phrases délirantes, mais sur le ton de la conversation, ni plus ni moins :

– You may say what you like, Dermott, but

if you don't drop Annie Powell, I'll make you eat Bloom's kidneys and I'll give yours to his cat.

– Traduction ? demanda Jérémy à Thérèse.

– « Tu diras ce que tu voudras, Dermott, mais si tu ne lâches pas Annie Powell, je te ferai bouffer les rognons de Bloom, et je donnerai les tiens à son chat. »

Le spécialiste de Louna décréta que le New-Yorkais était en « coma vigile ».

– Vous avez un marteau ?

Nous nous entre-regardâmes, mais Louna fit un oui confiant de la tête et, quelques secondes plus tard, le sondeur de conscience martelait notre patient : chevilles, genoux, épaules, coudes et poignets, tout y passa ; le New-Yorkais endormi se fit marionnette céleste, ses membres jaillirent aux quatre points cardinaux avec toute leur vigueur retrouvée. À chaque coup, il lâchait un nom propre et une imprécation bien sentie :

– Rupert, fils de pute ! Stanley, Chinetoque de merde ! Zorro, chien de ta chienne ! Mac Neil, pêcheur de truie !

Un réservoir inépuisable.

– Rien à signaler côté réflexes non plus, conclut le spéléo de la cervelle, tout est O.K. Une pointe de paranoïa, peut-être, mais c'est pas mon rayon.

Il demanda une lampe électrique. La pupille judéo-new-yorkaise se rétrécit sous le faisceau lumineux jusqu'à n'être plus qu'une rageuse tête d'épingle :

– Do the same fucking thing, Cowboy, and you'll end up playing with your whistle at the corner of West 47th Street !

– « Recommence un coup pareil, Cowboy, et tu retourneras jouer du sifflet au coin de la Quarante-septième Rue Ouest ! » traduisit Thérèse.

– Merde, fit Hadouch.

– Quoi ? demanda Mo le Mossi.

– C'est un flic, fit Hadouch.

– Haut placé, précisa Simon.

– Comment vous savez ça ? demanda le Mossi.

– C'est toujours ce que disent les flics à leurs subalternes quand ils les engueulent. Ils les menacent de les refoutre à la circulation.

– Un shérif ? demanda Jérémy.

– Si tu veux, admit Hadouch.

– Alors, on l'appellera comme ça, décida Jérémy.

– Shérif ? demanda Thérèse.

– Shérif, confirma Jérémy. Avec une majuscule.

Suite de quoi, l'homme des nerfs se coucha

pratiquement sur le Shérif et lui tordit la tête dans tous les sens.

– Nuque souple, fit-il en se relevant. Ça baigne !

Le cuistre regagnait du terrain dans les yeux allumés de Louna, je le voyais bien. Rechute imminente. Pourquoi diable cette fille ne pouvait-elle aimer hors de la Faculté ? Je m'en inquiétais d'autant plus que Hadouch n'en perdait pas une miette. L'œil mauvais, il donna un léger coup de coude à Mo qui fit un oui discret de la tête avant de passer le message à Simon.

– Bon, fit le spécialiste ès Louna, voyons le réflexe de Babinski, maintenant.

Ici, il se tourna vers nous, et, montrant les pieds du Shérif :

– Je vais le chatouiller, expliqua-t-il, si le gros orteil se tend au lieu de se plier, c'est qu'il y a un sérieux problème au milieu de l'usine cérébro-centrale.

Hadouch, Mo et Simon le regardaient fixement.

Jérémy se pencha vers moi.

– Tu ne trouves pas qu'on dirait une planche à voile ?

La question me cueillit à froid.

– Qui donc ? chuchotai-je.

– Le mec de Louna, insista Jérémy. Il ressemble à une planche à voile, tu trouves pas ?

Jérémy a toujours eu ce génie-là : l'identification comparative. Nous lui devons tous les noms de la famille. Impossible d'envisager un individu autrement que sous son apparence, une fois que Jérémy l'a surnommé. Le Petit, Verdun, C'Est Un Ange, Monsieur Malaussène, nos derniers-nés, par exemple, qu'il baptisa au premier coup d'œil... C'Est Un Ange est *effectivement* un ange, Verdun a *toutes* les caractéristiques de la bataille du même nom, et le Petit, on le verra, naquit bel et bien tout petit. Et le resta.

Aucun doute, oui, ce type, là, qui avait été et serait l'amant de Louna, et qui présentement sondait le coma du Shérif, ressemblait comme deux gouttes d'eau à une planche à voile : aérodynamique nette et fuyante, longue musculature en fibre de verre, cambrure et déhanchement de véliplanchiste, voile des cheveux au vent, meilleur profil offert aux alizés, indolente satisfaction des plages, et trente mots de vocabulaire à sa disposition, hormis le jargon professionnel.

– Une planche à voile, non ? insista Jérémy.

– Un peu, fis-je.

Planche à Voile entreprit donc de chatouiller les pieds du Shérif pour tester son réflexe de Babinski. Tous les regards de l'assemblée se portèrent sur le gros orteil du comateux. L'orteil ne se rétracta ni ne s'allongea. Aucune réaction de ce côté-là. Mais un petit rire malin et une phrase qui laissa Thérèse muette d'impuissance :

– Moïchè, gib mir a sloï zoïerè agrèkes un a heift kilogram kavè, dous iz far maïn worm.

Silence.

– Traduction ? demanda enfin Jérémy.

– Je ne connais pas cette langue, avoua Thérèse. Ça ressemble à de l'allemand, mais ce n'est pas de l'allemand.

– C'est du yiddish, fit la voix rêveuse de Rabbi Razon.

– Et ça veut dire ? demanda Jérémy.

– Ça veut dire : « Moshe, donne-moi un bocal de cornichons à la russe et une livre de café, c'est pour amuser mon ver. »

– Pas question ! s'exclama Louna, comme si l'épicier Moshe était présent dans la chambre.

– Cet homme se bat contre son âme, expliqua Rabbi Razon, huerco malo ! c'est un cœur tourmenté, il se punit lui-même, et c'est un vaillant.

Planche à Voile poursuivit ses investigations jusqu'à la conclusion finale :

– Pas de syndrome méningé, pas de syndrome pyramidal, réflexes et tonus musculaire normaux, aucun argument en faveur d'un hématome sous-dural ou d'une hémorragie méningée...

Puis, se tournant vers Louna :

– Il se porte comme un chef, ma grande, t'as fait du beau boulot !

Une seconde, je crus que la « grande » allait fondre sous la chaleur ambrée de ce regard, mais la voix de Hadouch maintint la température ambiante très au-dessous de zéro.

– Alors pourquoi il se réveille pas, s'il se porte si bien que ça ?

– Hystérie, peut-être, je sais pas.

– Et comment tu vas faire, pour savoir ?

– Repasser tous les jours à la même heure.

– Pour ?

– L'observer. Comme disait mon maître Machin : « La neurologie est une science contemplative. Démerdez-vous avec ça. »

Le duel se serait sans doute prolongé si Clara n'avait fait son apparition avec le plat du jour.

– Côtes d'agneau à la provencale et gratin dauphinois, annonça-t-elle.

Tant que nous y étions nous assistâmes à la collation. Qui s'acheva comme d'habitude :

– Cristianos y Moros !

Et ce fut là que Planche à Voile marqua un point décisif.

– Ah bon ! fit-il.

– Quoi, ah bon ? demanda Hadouch.

Planche à Voile répondit de très haut :

– Laissez tomber la gastronomie, il aime pas votre bouffe quatre étoiles, c'est un homme à couilles, il lui faut du solide !

– « Cristianos y Moros », ça veut dire tout ça ? demanda Jérémy.

– C'est le nom d'un plat, répondit Planche à Voile. Un plat latino. Ils sont des millions à bouffer ça, là-bas. Du riz blanc et des haricots noirs : Cristianos y Moros.

Puis, à Louna :

– La séance est levée. Tu viens, ma grande ?

*

La grande y alla. Et ce fut la fin de l'harmonie : Louna beaucoup moins présente à ce qu'elle faisait, Hadouch, Mo et Simon très attentifs à ce que lui faisait Planche à Voile, Thérèse réprouvant en silence les débordements de sa sœur, Jérémy malaxant haricots noirs et riz blanc en pestant contre les papilles latino-américaines, Clara troublée par ce changement d'atmosphère, et, seule perma-

nence en la demeure, maman égale à son chagrin.

Le Shérif ne se réveillait toujours pas mais
avalait sa pâtée de bon cœur. Il partageait
courtoisement avec son ver. Plus de vociféra-
tions. Le ver et lui mangeaient ensemble, l'un
dans l'autre, comme deux vieux camarades de
chambrée.

Cela, au moins, était encourageant.

– Attention, disait Rabbi Razon pour
combattre notre optimisme, ce ténia, c'est
l'âme courroucée de cet homme. Pour
l'heure, ils font la trêve, ils se reposent, mais
ça ne va pas durer. Adonaï Dios Santo, non,
ça ne durera pas ! Surveillez-le de près. L'âme
a plus d'un tour dans son sac.

De fait, passé les premiers jours de ron-
ronnement commun, le Shérif se mit à fondre
et le ver à prospérer. Le Shérif perdait des
forces. Il maigrissait à vue d'œil. Louna et
Planche à Voile ne pouvaient que consta-
ter le déclin. Alternant leurs prestations à
l'hôpital et leur tour de garde à la maison,
ils se relayaient auprès du malade. Ils en
extrayaient des kilomètres de ver solitaire,
mais en vain. Rabbi Razon avait raison : ce
ténia tenait de l'infini. Une pelote de malfai-

sance qui se reconstituait au fur et à mesure qu'on la dévidait.

– Jamais vu un truc pareil, marmonnait Planche à Voile, avec ce mélange de découragement et d'excitation que suscite l'énigme pathologique chez ceux de sa profession.

La tête du Shérif pesait de plus en plus lourd sur son oreiller. D'autant plus qu'il se taisait, désormais. Plus un mot. On l'eût dit écrasé par le poids de son silence. Un arc-en-ciel se posa sur ses paupières closes. Les sept couleurs se fondirent en un même sceau de plomb.

– Il va mourir, dit enfin Louna, je ne vois pas comment empêcher ça.

– Il ne mourra pas, affirmait Thérèse.

– Alors, c'est qu'il y a une retraite après la mort, ironisait Jérémy.

Mais, le soir, Clara et Jérémy pleuraient. Ils s'étaient mis à acheter des fleurs en cachette. Et des rubans de tissus multicolores. Et du fil d'or. Je les surpris occupés à tramer une couronne mortuaire, au beau milieu d'une nuit blanche. Jérémy mariait des fleurs à longues tiges et Clara brodait des mots dorés sur un taffetas bleu roi. Ils travaillaient en pleurant comme des images.

– Il va mourir, Ben, et on sait même pas comment il s'appelle !

Jérémy sanglotait comme un perdu. Les bras de Clara et les miens ne suffisaient pas à endiguer tout ce chagrin. Les banderoles disaient, en anglaise et en italique : *Adieu Shérif, on t'aimait bien... Gloire au Shérif inconnu... Tu es passé, on t'a aimé... À notre Shérif préféré...*

– On s'y prend à l'avance, pour les couronnes, expliquait Jérémy entre deux sanglots, il en faut beaucoup, tu comprends !

Il ne voulait pas qu'on imaginât le Shérif mort sans famille et « enterré comme un chacal ».

– C'était un mec courageux, il connaissait plein de monde, c'est pas normal qu'il meure tout seul !

Une voix nouvelle tomba du ciel :

– C'est pourtant vrai qu'il meurt.

Thérèse, assise sur le lit du dessus, absolument désemparée :

– Je n'y comprends rien, Benjamin... les lignes de sa main, les astres, les cartes, le pendule, tout affirme qu'il ne mourra pas... et pourtant, il meurt.

C'était la toute première fois qu'elle pratiquait le doute. Elle semblait plus seule que jamais dans sa chemise de nuit. Elle dit à Clara :

– Il faudrait prévoir quelques mots en anglais d'Amérique.

– Et en espagnol, ajouta Jérémy.

– En yiddish et en hébreu, aussi, je demanderai à Rabbi Razon.

Nous en étions là quand l'interphone qui relie ma chambre au dortoir des enfants grésilla.

J'ai décroché. Une voix hâtive a ordonné :

– Monte, Ben !

C'était Simon le Kabyle. La main autour de l'appareil, j'ai murmuré :

– Il est mort ?

– Monte.

*

J'ai grimpé les escaliers quatre à quatre et j'ai entendu le bruit dès les premières marches. Si les agonisants hurlent, ce sont des hurlements d'agonie que j'entendis alors, si les mourants se frappent la tête contre les murs, c'est qu'on était en train de mourir dans ma chambre. Le Shérif devait mener son dernier combat, jeter ses ultimes forces dans la bataille finale. Adonaï et sa bande tiraient son âme vers le haut et lui s'arc-boutait en lâchant sa dernière bordée de jurons :

– Fuck You ! Hijo de puta ! Never ! Nunca ! Niemals ! Mai ! Kaïn mol ! Af paam ! Jamais !

(Jamais ! Jamais ! dans toutes les langues disponibles.)

J'ai défoncé la porte plus que je ne l'ai ouverte.

Le Shérif était bel et bien assis sur son lit, perfusion arrachée, hurlant à pleins poumons, ses muscles bandés à se rompre, ses yeux au milieu de la pièce, les câbles de son cou vibrant dans la tempête.

Sans savoir ce que je faisais, je me suis jeté sur lui, je l'ai plaqué contre sa couche en lui murmurant des tas de trucs à l'oreille :

– Ça va, Shérif, ça va, n'aie pas peur, je suis là, c'est rien, c'est rien, c'est rien...

Tous ses muscles se sont détendus d'un coup, je me suis effondré sur son corps, lessivé, comme si je venais de me farcir un round avec le diable en personne. Pour un peu, je me serais endormi sur lui. La voix de Simon m'a ramené à la surface.

– Regarde par ici, Ben.

J'ai tourné la tête, très lentement, dans sa direction. Simon a relevé quelque chose qui gisait à ses pieds. C'était le corps de Planche à Voile.

– J'ai un peu joué au docteur, moi aussi.

À vrai dire, Planche à Voile ne se ressemblait plus tellement. Simon lui avait fait une tête de galion renfloué après quelques siècles de naufrage. Tout de mousse et de coquillages.

– Résolution d'une énigme médicale, Ben !

Et Simon de m'expliquer que Hadouch, comme nous tous, trouvait étrange le brusque déclin du Shérif, et qu'il avait ordonné à Simon de se planquer sous le lit du malade.

– Ce que j'ai fait.

Ce que Simon avait fait cette nuit même. Et sur le coup de deux heures du matin, Planche à Voile était entré dans la chambre du Shérif, et Simon l'avait entendu murmurer que c'était là sa dernière visite : « La dernière chance que je te donne de te mettre à table, mon salaud »...

– Ses propres mots, Ben...

N'obtenant pas de réponse du Shérif, Planche à Voile lui avait annoncé, on ne peut plus clairement, qu'il allait ajouter beaucoup de mort à l'ordinaire de son goutte-à-goutte.

– Ce qu'il aurait fait si je ne l'avais pas chopé par les pieds, Ben. Il en a plein sa sacoche. Des saloperies qu'il a piquées dans son hosto.

La suite racontait le début. Des jours et des jours que Planche à Voile torturait le Shérif dans l'espoir de lui faire cracher un secret en or massif.

– C'était ça, le déficit du Shérif, Ben. Il se laissait mourir plutôt que de parler. Planche à Voile est persuadé qu'il simule, que son délire c'est de l'encre de seiche, un nuage où il planque son trésor.

Et d'expliquer encore que, grâce à quelques baffes légères, Planche à Voile avait admis qu'il travaillait pour une bande bien connue des milieux de la blanche. Une bande qui le tenait par la dope, bien sûr ; monsieur avait des frais. Cette même bande qui avait déjà enlevé le Shérif de l'hosto, grâce à sa complicité à lui, Planche à Voile, la bande du mastard à l'oreille coupée.

– Comme il pouvait rien tirer du Shérif, il avait mission de le buter cette nuit. Pas vrai ?

La dernière question s'adressait à Planche à Voile.

– Pas vrai ?

Planche à Voile fit oui de la tête.

– Et tu sais pas la meilleure, Ben ?

J'allais la savoir.

– Une fois le Shérif nettoyé, le bon docteur se proposait de nous balancer aux flics pour nous faire porter le chapeau. Aimable, non, pour un beau-frère ?

J'ai pensé à Louna. Et j'ai entendu la réponse de Planche à Voile avec un dégoût familier. Bon Dieu, cette réponse... L'éternelle et même réponse de tous les salauds du monde, avec ou sans uniforme :

– J'obéissais aux ordres.

– Moi, je suis une bête, répondit Simon, j'obéis qu'à mes instincts.

Les instincts simoniens firent voler en éclats une demi-douzaine de quenottes dans la bouche de Planche à Voile.

Et la porte de ma chambre s'est ouverte.

– Arrête, Simon !

C'était Hadouch. Simon s'arrêta. Hadouch se retourna vers moi pour résumer la situation :

– C'est comme ça, Benjamin, quand la médecine manque de clarté, il faut surveiller les médecins.

Silence. Il demanda :

– Bon. Qu'est-ce qu'on fait, maintenant ?

Maintenant, on allait arrêter de jouer. Maintenant, on allait faire dans la légalité républicaine. Maintenant, on allait prévenir les flics, leur livrer cet assassin et leur rendre leur collègue amerloque. Voilà ce qu'on allait faire, maintenant, et c'est ce que je répondis.

Mais le destin s'oppose parfois aux meilleures résolutions.

Le destin se matérialisa ici en la personne de Louna, surgie sur le seuil de la porte, hurlant le nom de son amant, se précipitant sur

Simon toutes griffes dehors, et se retrouvant dans les bras de Planche à Voile.

À ceci près que Planche à Voile l'étranglait dans la saignée de son coude pendant que son autre main tenait un fin bistouri d'acier sur sa carotide palpitante.

Tout cela si vite et si confusément que je n'ai pas encore trouvé les mots.

– Foilà che que *che* fais faire, baindenant, dit Planche à Voile avec ce qui lui restait de dents. Che fais b'en aller afec zette dendre gonne, et fi un feul de fous trois moufte, che la due.

C'était son projet d'existence, oui.

Mais les choses allaient vite, décidément.

La détonation retentit avant même que j'aie pu voir le 11,43 dans la main de Simon. Aucun doute pourtant, le flingue fumait bel et bien dans la main du Kabyle, et ce qui restait de Planche à Voile s'affaissa aux pieds de Louna.

5

RÉSURRECTION

Louna eut trop à faire avec la santé du Shérif pour s'apitoyer sur elle-même. C'est la marque des âmes fortes : chagrins et bonheurs n'y sont que parenthèses sur la route du devoir. Passons.

Il fallut rebrancher le Shérif et mesurer l'ampleur des dégâts. Louna se fit laborantine, cette nuit-là. Les analyses de sang révélèrent une quantité impressionnante de substances toxiques injectées dans les replis secrets du New-Yorkais. Planche à Voile avait joué avec ses côtes, aussi. Le Shérif respirait mal.

– Il a dû souffrir le martyre.

Oui. Et le martyr ne souhaitait pas souffrir davantage. Il levait l'ancre pour de bon, cette fois.

– C'est une question d'heures, maintenant.

Louna lâcha cette phrase fatidique le lendemain, à midi pile, devant un Shérif qui ne tenait plus qu'à un cheveu d'ange.

– Sans cette histoire, je l'aurais sauvé, Ben !

Il *était* sauvé.

Louna deux fois trahie, dans son cœur et dans son art... Difficile de dire laquelle des deux Louna souffrait le plus.

– Il était costaud, tu sais.

Elle en parlait déjà au passé.

– Et une grande force d'âme.

– Faut-il prévenir Rabbi Razon ?

– Oui.

Rabbi Razon vint avec de la lecture sacrée. Il n'eut qu'un seul commentaire, quand nous lui eûmes raconté le rôle de Planche à Voile :

– Huerco malo ! Pardonne-moi, Louna, mais il ne me plaisait pas ce guevo de rana...

Il traduisit pour les petits :

– Non, il ne me plaisait pas du tout, cet œuf de grenouille...

Jérémy, Thérèse et Clara fleurissaient la chambre, en attendant l'arrivée de Belleville. Ils avaient résolu de donner un air de fête au départ du Shérif. Les banderoles punaisées au plafond faisaient un ciel de gloire au-dessus de son lit. On attendait la tribu Ben Tayeb, bien sûr, mais une délégation des Chinois et des Juifs de Belleville aussi, et des Latinos de toutes origines. Mo le Mossi amena l'Afrique

73

occidentale. À quoi s'ajoutèrent deux ou trois des Américains qui hantent le restaurant La Courtille, rue des Envierges. Il fallait que cet homme seul partît accompagné de tous. C'était la volonté de Jérémy. Et que les femmes poussent les youyous de l'affliction. Et que les cheveux s'arrachent par poignées. Mieux que des funérailles nationales, des obsèques planétaires.

– Comme si on l'enterrait au centre de la terre.

Jérémy déposa une couronne de myrte sur la tête du Shérif.

La chambre s'estompa dans un brouillard d'encens.

– Je peux commencer ? demanda Rabbi Razon.

Il pouvait. Tout était en ordre, sur la terre comme aux cieux.

Mais il ne commença pas.

Un ange venait d'apparaître dans l'embrasure de la porte. Un ange transparent et laiteux qui se tenait debout dans l'immobilité de tous les regards. Un de ces anges de vitrail aux formes pleines, à la peau blanche, au visage rayonnant d'indifférence céleste.

C'était maman.

Elle s'approcha du mourant dans un silence de cathédrale. Elle semblait marcher

deux millimètres au-dessus du sol. Elle enva-
hissait les regards et se mouvait dans les
esprits. Quand elle se pencha sur le visage du
gisant, hommes et femmes sentirent la chaleur de ses lèvres sur leurs bouches.

– Cet homme n'est pas encore mort, dit-
elle enfin.

Elle ordonna :

– Couchez-le dans mon lit.

Et elle disparut comme elle était venue.

Il fallut attendre la retombée de l'enchante-
ment pour que Rabbi Razon donnât le feu
vert :

– Ce que Dieu ne peut plus faire, une
femme, parfois, le peut. Portez-le dans son lit.

*

– Pas de doute, commenta Hadouch quand
nous eûmes translité le Shérif, ta mère est
vraiment une apparition.

– C'est pour ça qu'on la voit si rarement,
répondis-je.

Et, comme nous étions entre nous :

– Qu'est-ce que tu as fait de Planche à
Voile ?

– Pas le même genre de funérailles.

– Mais encore ?

– C'était une marionnette. On a logé les

salauds qui le manipulaient. Il était à eux, on le leur a rendu.

Ils avaient tout bonnement déposé le corps de Planche à Voile dans le coffre de la Mercedes, avec l'oreille coupée et le 11,43 de son propriétaire. Sur quoi, ils avaient appelé la police et ne s'étaient pas mêlés du reste.

– Par principe, je déplore ce genre de collaboration, expliqua Hadouch, mais il y a des circonstances où la paix sociale exige quelques concessions.

Mo et Simon étaient restés en planque dans le quartier des malfrats. Sur le coup de six heures du matin, une armada de gendarmes encagoulés avaient investi l'immeuble et embarqué l'homme à l'oreille coupée, avec sa Mercedes, le cadavre de Planche à Voile, l'arme du crime, et une perspective de quinze ans de placard.

– À l'heure qu'il est, il a dû balancer tous ses potes. C'est du costaud, mais pas du résistant.

– À moins qu'il ne t'ait balancé toi, Hadouch. Son oreille, c'est toi qui l'as coupée, non ?

Hadouch leva les yeux au ciel comme si, décidément, j'avais tout à apprendre.

– Mon couteau est dans la poche de

Planche à Voile. Avec ses empreintes sur le manche.

Un temps.

– Ça nous a d'ailleurs bien fait chier, Simon et moi, d'y laisser notre armurerie.

Un autre temps :

– Mais qu'est-ce que tu veux...

Et, le sourcil civique :

– Il faut savoir faire des sacrifices.

*

Jérémy et moi fûmes interdits de séjour dans la chambre de maman. Apparemment, c'était une affaire de femmes. On ne parlait plus qu'en murmurant, dans la maison. Louna y allait de son rapport quotidien. Le Shérif faisait la planche.

– Il ne bouge pas, Benjamin. Sa peau contre celle de maman, il ne bouge pas. Je n'ai jamais vu un corps si parfaitement immobile. Comme les chats, quand ils luttent contre la mort.

Le chat ne mourait pas. Refermée sur lui, maman le réchauffait de toute la surface de son corps. Dès que flanchait son rythme respiratoire, la bouche de maman lui servait son oxygène.

Les vacances s'achevèrent. Clara, Thérèse

et Jérémy retournèrent à leur scolarité. Je ne sais plus trop quel boulot provisoire je faisais à l'époque, mais je sais que je ne le faisais pas : congé de maladie. Oui, un de ces profiteurs qui creusent le gouffre de la Sécu et que pointent les index ministériels... Si le pays sombre un jour, ce sera ma faute, pas celle des ministres. Mais, va savoir pourquoi, il me semblait que ma présence était plus utile sous notre toit que partout ailleurs.

Le Shérif reprit du poil de la bête.

– Il se nourrit, Ben.

– Cristianos y Moros ?

– Non, il n'en a pas encore la force. Il tète.

Maman nourrissait au sein un Juif américain qui revenait d'entre les morts.

– Il profite, Ben ; il se remplume avec le lait du petit frère.

– Je savais bien qu'il ne mourrait pas, lâcha Thérèse en passant près de nous.

Bientôt, Louna et maman purent mener une guerre victorieuse contre le ver solitaire. La bête fut jetée aux égouts.

Et vint la grande nouvelle :

– Il a ouvert les yeux, Benjamin !

– Il a parlé ?

– Non. Il a souri.

À vrai dire, le Shérif ne parla plus et je ne le revis jamais. Au jour d'aujourd'hui, je me souviens très bien de lui, mais plus du tout de sa tête, ni de sa voix. Le Shérif est une certitude, il n'est pas une image.

Un dimanche matin, maman convoqua toutes les tribus de Belleville à son chevet.

– Il est parti, dit-elle.

Elle était seule dans son lit. Elle nous annonça ce départ sans l'ombre d'un regret.

– Il est parti, mais il nous a laissé un souvenir. Je suis enceinte.

*

Neuf mois plus tard, le Petit faisait son apparition entre les cuisses de maman. Le Petit pleura beaucoup en voyant le jour. Cette tristesse nous affligea. Thérèse l'attribua aux mésaventures du Shérif, son père.

Rabbi Razon nous rassura :

– Les premières larmes, dit-il, sont toujours un beau signe : ¡ Niño que no llora no mama !

– Traduction ? demanda Jérémy.

– « Un bébé qui ne pleure pas ne tète pas », traduisit Thérèse.

Rabbi Razon levait le Petit dans la lumière du jour.

– Dios que te page, mon petit !

– « Dieu te rembourse », traduisit Thérèse.

Le Petit était vraiment tout petit. Rabbi

Razon dut le lire dans mes yeux, parce qu'il éprouva le besoin de me rassurer :

– N'aie pas peur Benjamin, il est bien assez petit comme ça, je ne vais pas te le raccourcir.

– Pas pour l'instant..., ajouta-t-il, en homme de Dieu.

– C'est vrai qu'il est petit, murmura Clara dont le flash crépita.

– Et c'est comme ça qu'on va l'appeler, déclara Jérémy.

– Petit ? demanda Thérèse.

– *Le* Petit, corrigea Jérémy.

– Le petit ? demanda Thérèse.

– Le Petit, confirma Jérémy. Avec une majuscule à Le et une autre à Petit.

– Une seule majuscule suffira, intervint maman, mon petit à moi n'est pas un fromage.

– Vive le Petit ! fit Jérémy, qu'on n'a jamais entendu contredire notre sainte mère.

SOUVENEZ-VOUS
D'ISAAC

Loussa m'écoutait sans broncher. Nous en étions à notre quatrième théière. Ali avait tiré le rideau de *L'Homme bleu*. Youcef et lui s'étaient assis à notre table. Le restaurant sentait la menthe.

– Ta mère l'a sauvé comme ça, l'Américain ? Rien qu'en le faisant téter ? Décidément, les femmes sont belles !

J'ai réfléchi un peu :

– Non, en vérité, elle l'a sauvé autrement.

Selon maman, nous avions fait une erreur de diagnostic, tous autant que nous étions. D'après elle, le Shérif ne mourait pas des tortures subies. Le Shérif ne mourait pas dévoré par son ver, non plus. Elle n'était même pas certaine que les fioles de Planche à Voile l'eussent achevé... Les dealers, les coups, les balles de revolver, les poisons et le ténia étaient son ordinaire, il était homme à supporter beaucoup plus que cela. Non, c'était le remords qui l'emportait. « Il ne se pardonnait pas la mort de Manfred », nous expliqua maman. « Mais qui est donc ce Manfred ? » avait demandé Thérèse. « Un fantôme roulé dans sa conscience, avait répondu maman. Bien plus terrible que son ténia ! »

Et maman avait passé un marché avec le Shérif. Elle s'était offerte à ressusciter Manfred, tout simplement. « C'est ce que je lui ai tout de suite proposé : un Manfred pour ton Manfred, une vie pour une vie, fais-moi un petit Manfred et le tien te fichera la paix, parole de femme ! »

– Alors, votre Shérif a ressuscité Manfred et il est parti comme ça ? demanda Loussa de Casamance, sans un au revoir, sans un remerciement, sans rien ?

– Il a laissé un mot.

– Qui disait ?

– « *Souvenez-vous d'Isaac.* »

– « *Remember Isaac ?* » C'est bien ce que je craignais.

J'ai levé les yeux sur Loussa. Il secouait une tête qui n'en revenait pas.

– Qu'est-ce qui se passe, Loussa ?

– Je n'ose pas te le dire.

– Loussa...

– Tu ne me croiras pas.

– Allez...

– Je connais ce type.

– Quel type ?

– Ton shérif, mon garçon, le père du Petit, je le connais.

– Tu le connais ?

– Enfin, je sais qui c'est. Je suppose... bien que ce soit...

J'ai regardé Loussa dans le blanc des yeux, j'ai posé mes mains sur les siennes, et je me suis mis à lui parler à petits coups de marteau bien précis, comme on plante les points sur les i...

– Tu le connais ou tu ne le connais pas ? Fais pas le con, Loussa, je te rappelle que le Petit se laisse mourir de faim à la maison... si tu connais son père, amène-le-nous vite fait... mais si tu ne le connais pas... si tu *supposes*... je ne pense pas que le Petit soit d'humeur à se nourrir de suppositions...

Loussa a hésité un long moment, puis il s'est levé, tout songeur.

– Tu es chez toi, ce soir ?

– Où veux-tu que je sois ?

– Alors, attends-moi, je viendrai.

– Avec le père du Petit ?

Il a fait un geste évasif de la main et s'est dirigé vers la porte de *L'Homme bleu*.

*

En arrivant à la maison, j'ai trouvé que le Petit devenait transparent. Je l'ai flanqué devant une lampe de bureau. Pas de doute, quelques jours de jeûne encore et on pourrait lire au travers.

– Quand vas-tu te décider à faire quelque chose ? m'a demandé Thérèse.

J'ai regardé le Petit dans les yeux :

– Tu ne voudrais pas manger ? Un petit peu ? Pour me faire plaisir ? Non ? Un petit quelque chose ? Yaourt ? Sandwich ? Trois frites ?

Le Petit a répondu :

– Je préférerais mon papa.

Et il n'a pas touché à son dîner.

J'allais coucher les enfants (le Petit pénétrait le ventre vide dans un tunnel qui ouvrirait sur son troisième jour de jeûne), lorsque Loussa a sonné.

Je suis allé lui ouvrir. Il était seul.

– Tu es seul ?

– Oui et non, répondit-il en entrant.

Vu les circonstances, fallait-il vraiment que je supporte le côté chinois de ce Sénégalais ?

– Loussa...

Il m'a fait signe de la fermer et de m'asseoir.

Lui-même a pris place en face de moi.

– Écoute, petit con, ce que j'ai à te dire est difficile à avaler.

J'ai préparé ma salive en conséquence.

– J'ai vérifié mes sources. Je connais le père de ton petit frère à lunettes roses, aucun doute là-dessus.

– Et tu ne l'as pas amené ?

– Si.

Il m'a regardé longuement, a poussé un gros soupir, a déboutonné son manteau et en a sorti quatre bouquins qu'il a déposés sur la table de la salle à manger, là, en pile, devant moi.

– C'est le personnage principal de ces quatre romans.

– Pardon ?

Loussa a pris une bonne bouffée d'air et a lâché toutes ses informations d'un coup.

– Il s'appelle Isaac Sidel, il est américain, il est juif, il est le père d'une fille, Marylin, qui se marie et divorce à la chaîne, il est le flic en chef de la ville de New York, il se croit responsable de la mort de Manfred Coen, qui était son subalterne préféré, Joyce et le cappuccino sont ses péchés mignons, il se nourrit de chrétiens et de Maures, il est increvable, et se bagarre contre tous les types qu'il maudissait chez toi, dans son délire : Rupert, Stanley, Zorro, Cowboy, Mac Neil, Dermott et les autres... Vérifie, truands ou flics pourris, ils sont tous dans ces quatre volumes !

J'ai regardé le visage de Loussa. Rien que le visage de Loussa. Il a parfaitement compris ce qu'il y avait dans mon regard, parce qu'il a dit, en reprenant son souffle :

– Je sais... je t'avais prévenu... difficile à avaler... mais dois-je te rappeler...

Un drôle d'ange est passé.

– Dois-je te rappeler que, ce matin, tu comparais toi-même ton petit frère au Bartleby de Melville ?

– Rien à voir. Bartleby était une métaphore ! Ma mère ne s'est pas fait engrosser par une métaphore !

Loussa a hoché la tête :

– La plupart des enfants naissent d'une métaphore... C'est après que ça se gâte.

J'ai tenté une autre sortie :

– Si ma mère avait fait un truc aussi irrationnel – s'envoyer un personnage de roman – Thérèse le saurait !

Loussa n'a pas relevé. Il a juste ajouté :

– J'ai oublié de te dire le principal, petit con. L'Isaac de ces quatre romans...

Il tapotait la pile de livres sur la table :

– Il a le ver solitaire.

Et de conclure, fataliste :

– Maintenant, tu peux me foutre à la porte si tu veux, mais les faits sont les faits : le Juif américain que ta mère a ressuscité, le père de ton petit frère aux lunettes roses, est le personnage principal de ces quatre romans. Je te les laisse. Ils sont à toi. Cadeau. Une belle lecture au demeurant, tu verras... magnifique. L'auteur s'appelle Charyn. Jerome. Jerome Charyn. C'est un Américain. Juif new-yorkais, comme son Isaac.

Sur quoi, Loussa m'a laissé là.

J'ai battu des ailes deux secondes, puis j'ai baissé les yeux sur les quatre romans : *Zyeux-bleus, Marylin la Dingue, Kermesse à Manhattan, Isaac le Mystérieux...* C'était leurs titres.

*

« *Il y avait une fois un vieil homme avec un ver dans le ventre. Le ver aimait grignoter. Le vieil homme devait s'empoigner comme s'il voulait s'arracher les entrailles. Il vivait dans un répugnant hôtel de la Quarante-septième Rue Ouest. L'hôtel n'avait même pas de nom. À deux pas de l'Allée Réservée. Les maquereaux l'évitaient, le vieux. Ils louaient dans cet hôtel des appartements à toutes les "fiancées" qu'ils avaient ou qu'ils surveillaient. Les fian-*

cées étaient toutes des Noires au-dessous de dix-neuf ans. L'une d'elles au moins était enceinte. Elles aimaient bien le vieux. Il ne les engueulait pas, il ne regardait pas sous leur blouse d'été. Les mamelons en sueur d'une pute n'étaient pas faits pour le surprendre.

Elles parlaient donc à ce vieux clochard, partageaient avec lui leurs boissons à l'orange... »

J'ai lu tard dans la nuit. Assis en tailleur au pied d'un auditoire en charentaises et pyjama, les yeux de Julius le Chien suivant les lignes par-dessus mon épaule, je nous ai plongés à haute voix dans la saga d'Isaac Sidel et de son ver solitaire. C'est ainsi qu'Isaac est entré une deuxième fois dans la maison. Thérèse prenait des notes qui lui rappelaient quelque chose. Le Petit avait mis ses lunettes pour mieux entendre. Jérémy poussait les oh ! les ah ! les putain ! les vache ! les dis don' ! les bordel ! de son admiration. Et si Clara avait pu photographier des mots... Je lisais à voix haute la saga d'Isaac Sidel, « *Isaac le chef* », « *Isaac le pur* », « *Isaac le grand rabbin du Q.G.* », « *Isaac, le papa de Marilyn, la dingue aux sept maris* », « *Isaac le psychopathe* », « *Isaac le schmuck* », « *Isaac la merde* », « *Saint Isaac* », « *Isaac le mystérieux* », selon les points de vue des autres personnages, et je les reconnaissais au passage, tous autant qu'ils étaient, ces noms qui avaient hanté les délires de notre Shérif : Annie Powell, la petite pute balafrée de la Quarante-troisième Rue, Dermott son maquereau lecteur de Joyce, Coot Mac Neil l'Irlandais pourri qui remontait des rivières de sang... je lisais encore vers les premières heures de l'aube (Isaac Sidel semblait installé dans la chambre des enfants comme s'il ne nous avait jamais quittés), quand la voix du Petit, tout à coup, m'a stoppé net dans mon élan.

– J'ai faim.

Ce qui a suivi était beaucoup plus que du silence.

– J'ai faim, a répété le Petit.

Jérémy a réagi le premier.

Il a bondi hors de son lit et a foncé vers la cuisine, Clara sur ses talons.

– Tu as faim, le Petit ! Formidable ! Qu'est-ce qu'on te fait ? Une omelette aux morilles ? Des spaghetti aux aubergines ? Un sandwich au Jabugo ? On ouvre une boîte de foie gras ?

Sourcils froncés, le Petit récusait.

– Non ? Un dessert ? a proposé Clara. Tu veux passer directement au dessert ? Une crème brûlée ? Un petit gratiné de fruits rouges ?

Non, faisait la tête du Petit.

Il a ôté ses lunettes roses pour mieux réfléchir, son visage s'est enfin épanoui, et il a dit :

– Cristianos y Moros !

DU MÊME AUTEUR

Aux Éditions Gallimard

AU BONHEUR DES OGRES, Folio n° 1972.

LA FÉE CARABINE, Folio n° 2043.

LA PETITE MARCHANDE DE PROSE (prix du Livre Inter 1990), Folio n° 2342.

COMME UN ROMAN, Folio n° 2724.

MONSIEUR MALAUSSÈNE, Folio n° 3000.

MONSIEUR MALAUSSÈNE AU THÉÂTRE, Folio n° 3121.

DES CHRÉTIENS ET DES MAURES, Folio n° 3134.

MESSIEURS LES ENFANTS, Folio n° 3277.

AUX FRUITS DE LA PASSION, Folio n° 3434.

Aux Éditions Gallimard-Jeunesse

Dans la collection Lecture Junior

KAMO : L'AGENCE BABEL. *Illustrations de Jean-Philippe Chabot*, n° 1.

L'ÉVASION DE KAMO. *Illustrations de Jean-Philippe Chabot*, n° 7.

KAMO ET MOI. *Illustrations de Jean-Philippe Chabot*, n° 13.

KAMO : L'IDÉE DU SIÈCLE. *Illustrations de Jean-Philippe Chabot*, n° 22.

Aux Éditions Hoëbeke

LES GRANDES VACANCES, *en collaboration avec Robert Doisneau.*

LA VIE DE FAMILLE, *en collaboration avec Robert Doisneau.*

Aux Éditions Nathan

CABOT-CABOCHE.
L'ŒIL DU LOUP.

Aux Éditions Futuropolis/Gallimard

LE SENS DE LA HOUPPELANDE.
LA DÉBAUCHE, *en collaboration avec Tardi.*

Chez d'autres éditeurs

LE TOUR DU CIEL, Calmann-Lévy et RMN.
QU'EST-CE QUE TU ATTENDS, MARIE ? Calmann-Lévy et RMN.
VERCORS D'EN HAUT : LA RÉSERVE NATURELLE DES HAUTS-PLATEAUX, Milan.
LE GRAND REX, Centurion-Jeunesse.
SAHARA, Éditions Thierry Magnier.

Composition Euronumérique.
Impression Bussière à Saint-Amand (Cher),
le 8 mars 2002.
Dépôt légal : mars 2002.
1er dépôt légal dans la collection : décembre 1998.
Numéro d'imprimeur : 21628.

ISBN 2-07-040696-2./Imprimé en France.